와! 그때처럼

황금알 시인선 84

와! 그때처럼

초판발행일 | 2014년 6월 30일

지은이 | 박상돈
펴낸곳 | 도서출판 황금알
펴낸이 | 金永馥
선정위원 | 마종기 · 유안진 · 이수익 · 문인수 · 김영승
주 간 | 김영탁
편집실장 | 조경숙
표지디자인 | 칼라박스
주 소 | 110-510 서울시 종로구 동숭동 201-14 청기와빌라2차 104호
물류센타(직송 · 반품) | 100-272 서울시 중구 필동2가 124-6 1F
전 화 | 02)2275-9171
팩 스 | 02)2275-9172
이메일 | tibet21@hanmail.net
홈페이지 | http://goldegg21.com
출판등록 | 2003년 03월 26일(제300-2003-230호)

*값은 뒤표지에 있습니다.

ISBN 978-89-97318-69-8-03810

와! 그때처럼

박상돈 시집

황금알

| 시인의 말 |

2003년 5월 아내와 이별하고 그때부터 글을 썼다.

2008년 2월 공무원 건강검진에서 백혈병 진단받고 부리나케 긁어모아 첫 번째 시집 『아버지 가시는 길』을 냈다.

골수이식 하지 않으면 남은 생명이 일 년을 넘길 수 없다는 담당 의사의 차분하고 조용한 그렇지만 단호한 말에 누님의 골수를 기증받아 2010년 3월 2일 골수이식 하였다.

28년의 교직과 이별하고 긴 투병의 터널을 지나가면서 유일한 즐거움은 그때의 감정을 글로 쓴 것

틈틈이 적어 놓은 글을 모아 2012년 11월 두 번째 시집 『벚꽃의 다음』을 냈다.

이제, 남은 글도, 세상에 세 번째 시집이란 이름으로 용기 있게 내놓는다.

"사람이 자기의 길을 계획할지라도 그 걸음을 인도하시는 이는 여호와시니라" 라는 성경 말씀에 순종하며 지금껏 보살펴주시고 이끌어주신 하나님께 감사 한다.

동병상련이라던가, 지금, 시련의 터널을 지나가시는 분들에게 이 글이, 조금이나마 위로가 된다면 좋겠다.

2014년 5월

경기 화성 화산 까치고개에서 돌샘 박 상 돈

차 례

1부

2부

3부

4부

5부

편지

1부

회춘回春

하회탈

거울 앞에서

하루에 백번만 만나자
매일매일

못난 사내

못났지만,

못났다 말하는 사람보다

못나지 않았다 말하는 사람이 많아서

참

좋다

여유

전혀
움직이지 않는 것
같지만

분침은
하루에 24번
시침은 2번 돈다

개화開花

푸짐하게 가져가거라

마음껏 즐기거라

인고의 단물
넉넉하니
모두 흥청망청 취하거라

잔치 시간은 언제나 짧다
부지런히

행복하거라

너에게

곳간 열쇠 튼튼하다 하여
교만하지 말라

빈 항아리라 하여
비굴하지 말라

세월에는

뒤집기가 있다

새벽녘에 해 뜬다

어릴 적

배고픔 깊을 적에
봄, 여름, 가을이 좋았었다

병든 자 되고
아픔 깊으니

하얀 눈꽃 끄트머리에
싱싱한 봄
꽃눈 달고 오는

겨울이 좋다

됐나 안됐나

경상도 말로
"됐나 안됐나"

이 말이 좋다
확실해서 좋고 군더더기 없어 좋다

가오리연 꼬리 날리듯이
자르지 못하고 길게 늘어트린
미련
집착

"됐나 안됐나"
방패연 꼬리 떼어내듯
예리하게 자르는 것 같아

새싹

불도저다
앞만 보고 밀어붙이는 불도저다
바위길 자갈길 언덕길 진흙 길 모래길 길의 종류는 불도저에게 없다
무조건 밀고 가면 된다
물이다
어디든 두려움 두고 찾아가는 물이다
막히면 넘어가고 좁으면 줄여가고 낮으면 엎드려가고 높으면 채워가고
막는 자 넘어뜨리며 어디든 간다
바람이다
필요한 곳이라면 갈 곳이라면 반드시 가야 하는 곳이라면
원하던 원하지 않던 찾아가서 존재를 알리는 바람이다
비록, 죽음이 앞을 막는다 하더라도 불도저처럼 바람처럼 물처럼
밀어붙이고 날아가고 넘어가는,
세월이다

때 되면
온 세상 푸르게 채색하는 첫 붓질은 새싹이요
용기란, 봄바람 부는 날 어린 새싹이다

어제와 내일 그리고 오늘

어제는 어제이니 잊어야 하고
내일은 내일이니
눈에 넣지도 말고
오늘은 주신 모습 그대로 사용하고 있어 기쁜 오늘이니
내 것이다

고맙다

어느덧 노을 짙은 가을

이가 아프다
“고맙다”
눈이 고통스러워한다
“고맙다”
장이 역할을 힘들어한다
“고맙다”

지금까지 최선 다해준 것
“정말정말 고맙다”

흔들리지 않는 뿌리

살아있는 세상은 세상 바람 부나니
세상과 접하고 있는 겉은 피하고 싶어도 피할 수가 없다

바닷가에 살면 바닷바람이
사막에 살면 모래바람이

산에는 산바람
들에는 들바람
강에는 강바람
시베리아는 찬바람

그곳에서도 생명은 피어나나니
흔들리는 줄기와 이파리는 있어도 흔들리는 뿌리는 없다

굵게
단단하게
꼿꼿하게
꿋꿋하게

꿈

무색의 커다란 도화지에서
마냥 자유롭다

뭉게구름 떠가듯이
바람에 실린 연기이듯이
맑은 물에 물감 던져 넣듯이
그들과
창조의 유영
마음대로 즐겁다

꽃동산에,
꽃 궁전에,
새가 되고 나비가 되고 벌이 되고
임금님 되고

낮은 곳에는 바람이 적다

높은 산
꼭대기에
바람, 세고 많은 것은

그곳이

신들이 장기 두는 곳이기 때문이다
낮은 곳으로
가라

처서

겨울이 가깝다

노년 주름
밭고랑에 스며드는 들녘에는
경운기 힘차고
촌로의 삽질 급하다

고랑마다 구멍구멍
구멍마다 연한 생명

어린 배추는 이사 갈 채비하고
이삿짐 푼 어린 배추는
자리 잡기 바쁘고

고추잠자리
메뚜기
방아깨비

땀방울, 덩달아 굵다

침묵

무거울수록 침묵하라
빠개지듯 아플수록 침묵하라

침묵은
침묵을 낳고

미치도록, 때려죽이고 싶은,
미움이 깊으면 깊을수록

침묵하라

침묵은,
잔잔하게, 침묵의 꽃을 피운다

2부

수평선

하나님이
하얀 캔버스 가운데에

길게
줄 하나 옆으로 그어놓고
파랗게
색칠하였다

재미없다 투덜대었더니

줄 위에
조그만 통통배 하나
그려 놓으셨다

꽃의 철학

이화는 명징 청순하다
장미는 짙고 열정적이고
국화는 포근 은은하다
마치

봄은 어린아이의 꿈처럼
여름은 꿋꿋한 청년기상인 듯
가을

노년의 잔잔한 부드러움 인양

꽃,
계절마다,
자신 표현에 철학을 심는다

난, 오른 새끼 꼬는 사람

왼 새끼 꼬는 사람
오른 새끼 꼬는 사람

아버지가,
아버지의 아버지가
아버지의 할아버지가

할아버지의
할아버지가
꼬았던
왼 새끼 꼬는 사람과
오른 새끼 꼬는 사람이

다툰다
— 옳다고

하얀색 물감과 주홍색 물감의 사랑이야기

하얀색 물감과 주홍색 물감이 만나 사랑을 하였습니다
둘은 너무너무 사랑하였기에
파란 캔버스에 예쁜 보금자리를 만들었습니다
그들은 매우 행복했습니다
아침에 주홍색 물감이 윙크를 하면
하얀색 물감도 덩달아 주홍빛으로 윙크하고
낮 동안 하얀색 물감이 열심히 일하면
그 모습에 감동한 주홍색 물감은
같이 하얀색으로 색을 바꿔 응원하였습니다
저녁에 둥지로 돌아온 물감들,
주홍색 물감의 짙은 애정표현에 즐거운 하얀색 물감은
불그스름
주홍빛으로 보금자리 아름답게 밝히더니
급기야, 둘은, 모두 색을 버렸습니다
무색으로 그들은 하나가 되어 긴 밤을 보냈습니다
매일매일 그랬습니다

착각

손을 비누칠 하여 말끔하게 닦았다

물끄러미 바라본다

깨끗하다

이혼법정

겉포장
거창하다 하여도

사랑도

욕심 앞에서는

알맹이 버린
쭉정이

봄 가슴 봄바람

먼 들녘으로
아른아른 다가오는 그림 있어
가슴은
두근두근합니다

번 산 놀아
가물가물 다가오는 그림 있어
가슴은
콩닥콩닥합니다

먼 하늘

하얀 꽃잎 너울너울 날리며
살그머니 오는 이 봄 처녀 있어
가슴은,
쿵덕 쿵덕 합니다

봄이면 아이들은

단발머리 빡빡머리
검정고무신에 깜장치마가 어울리던
그때에는
봄이면, 아이들은,
논에서 개풀 뜯는 소
계곡을 뒤지며 칡뿌리 캐는 산돼지
소쿠리 옆에 끼고
이 산 저 산
연분홍 진달래 따는 나비가 되었고
들녘서 높이 떠 지저귀는
종달새였는데

요즘, 봄이면 아이들은,
주는 인스턴트 먹이만 먹고
불빛 화려한 새장에 옹골지게 갇혀
같은 노래만 연실 부르는
앵무새

나무와 이파리

– 나, 가, 우리 언제 만나?
– 나, 간다고…

– 나, 가는데, 슬프지 않아?
– 많이 슬프지? 나 보내지 마 나 진짜로 가기 싫어

끝내, 아무 말도 하지 않는 나무가
이파리는
미워,
슬픈 몸을 찬바람에 무작정 던졌다
이리저리로
겨우내 바람에 몸을 맡겼다
그러던 어느 날

나무가, 바람 불 때마다 엉엉 운다는 것
이파리는 알았다

그리움이 그립거든 봄볕 고운 텃밭으로 가라

그리움이 몸서리치게 그립거든
텃밭으로 나가 봄볕과 술래잡기하라

쪼그려 앉아,
불쑥불쑥
머리카락 보이는 지난가을 숨었던 그리움

그리움이
가슴을
진저리치게 후벼 파거든

호미 들고 봄볕 고운 텃밭으로 가라
서른다섯에 과부 되신 울 할머니
텃밭서 백수白壽 하셨다

우화羽化
— 부모

굼벵이와 학배기는

나는 법을 안다
우리 엄니도
우리 아버지도 그랬다

상돈 엄마
상돈 아버지

* 학배기: 잠자리애벌레

부부

1m 넘는
긴 숟가락으로
평생을,
함께,
밥 먹는 사이

아버지

예전에, 아버지는,

송아지 우시장 보내기 전에
쇠 코뚜레 하고
어깨에 멍에 얹고
쟁기 써레 마차를 끌게 하였다

이제

집 송아지들,
시장 갈 때 되었는데

꽃상여

하늘나라 가셨다
비가 온다
울 엄니 가시는 길 꽃 없어도

바람아 불지 마라
비구름아 물러가라

상여가 간다
선소리 타고 바람 타고 상여가 간다

소리꾼 앞소리가 섧다
황구지천 마른 갈대는 구슬프다

꽃상여 간다

벽시계

벽시계가 섰다

누가 쫓아오는 것 아닌데

낮과 밤
쉬시 않고
온 에너지 모두 소진하며
책임 다하더니

황혼 울 아버지, 섰다

3부

밥알

잘근잘근 씹히고 있다
1분 동안 입안에서 철저하게 씹히고 있다

보드랍고 촉촉하게 죽 되었다

간다

위와 장
다시, 흙으로

석양夕陽

봄이라,
벹 좋으니 좋고
바람 좋으니 좋고
조용하고 시간 넉넉하여 좋은데
책장 가득한 책들은 벽지 되어 먼지와 노닐고
두뇌는, 시나브로 켜켜이 먼지가 소복소복하다

조용히 생각에 잠겨 세월을 듣고
넌지시 사고思考에 잠겨 과거를 지우고

가만가만 명상瞑想에 잠겨 나 자신의 무게를 덜어내는 것이
그나마 할 수 있는 지금의 일

마른 갈대
구멍 송송 뚫린 잎
석양夕陽이
이제, 마지막 역할인가보다

입춘

친구가
병실로
보내온 사진 한 장

하얀 눈
머리에 이고

고개 내민

여리고 어린
목련꽃 봉오리

처음 길 발자국

하얗게 눈 덮인 산길
앞서간 발자국이 선명하다
안전하게 가는 방법은
앞사람 발자국 그대로 딛고 가는 것
눈보라 험한 처음 길이라 하여도
발자국만 있으면
눈길에 어려움 없다

자꾸,
처음 길 떠나는 이 많다
그들 가는 길은 나 또한 가야 하는 길이나
그 발자국
선명하다 하여도 지금은 보고 싶지 않아
눈 감는다
꼭꼭

와! 그때처럼

부엌칼,

네가 시퍼렇게 날 세우고 도마 위를 호령할 때 난 거친 운동장을 호령하였지

네가 도마 위에서 쇠머리 쇠꼬리를 자유자재로 가지고 놀 때

나는 운동장에서 쇠가죽으로 만든 축구공을 자유자재로 가지고 놀았었고

참 세월 많이 흘렀다

너는 먼지 켜켜이 쌓인 부엌 한쪽 구석에서

이 빠진 채 누렇게 녹슬어 고물상 가기를 기다리고 있고

나는 꼭꼭 닫힌 방구석에서 천장만 바라보며 하나님 나라를 그리워하고 있네

그래도 즐겁지 않을까 그곳에 가면

나는, 나를 그토록 아끼고 사랑하여주던 엄니가 계시니 좋을 것 같은데

네 가는 그곳은 어떨까?

그런데 너무 빨리 가면 엄니가 많이 슬퍼할 거야

너도 그렇겠지?
한번 기운을 내봐
나도 백혈병 이겨 볼 테니

너는, 예전처럼, 시퍼렇게 날 세워 맛나게 음식 만들고
나는, 그 음식을 먹고, 골망 찢어지는 강력한 슈팅 날리고

와! 그때처럼

체온계

언제나 겨드랑이에는 체온계가 함께 한다
38℃가 자유의 한계선이다
주변에는 약국도 많고 병원도 많지만
초록 십자가 옆구리에 붙이고 애닯다 울며
달리는 그가
자유를 지키는 마지막 수호신이다

고맙게도 요즘,
체온계는, 그를 부르지 않는다
작년 여름 딱 한 번 부르더니 지금껏 고요하다
몸의 작은 소리가 불안해할 때도
체온계는 매몰차게 그를 멀리한다
덕분에

봄바람 봄볕
봄꽃을
마음대로 벗 삼는다

지금은 영구치다

배냇니가 아닌 영구치다
연실 피를 뽑고 밤새 고통을 호소하여도,
의사도 뽑으라 하지만,

예전에 많았던 이가 이제 남은 것 별로 없다
어릴 적, 뽑아, 지붕 위로 올릴 수 있는 것이라 여겼던
단순한 의치가
영영 버리는 버릇을 만들었다

지금은 영구치다
한 번 버리면 공간은 영원히 빈
"한갓지자," 갈등도 있지만
어제, 위암 앓던 동네 형 장례 치렀다

골수이식 후 삶이다
쉽지 않은 것은, 영구치는 평생 영구치,
가슴에게 옹골지게 박는다

언약

진눈깨비 바람 훑고 지나간 곳에
가을이 빛을 버렸네

그 길 따라 병원에 갔네

봄날에
푸름이 우리

싱싱하게 다시 만나자 꼬–옥

긴 장마

제주도 남쪽으로 휴가를 갔다 합니다
며칠은, 근심도, 휴가를 보내야 할까 봅니다

빨랫줄에 이불을 널었습니다
창문도 활짝 열었습니다

청소기를 돌리겠습니다
세탁기도, 뽀송뽀송, 하겠습니다

잠깐만이라도

과녁

나의 고통이
그대에게 기쁨 줄 수 있다면
그 뾰족한 촉 거침없이 받으리

나의 아픔이 그대에게 축복되고
상처가 훈장 된다면
예리한 촉 받음에 주저 없으리

걸레인 양
연탄인 양
촛불인 양
버림의 희생으로 그대가 행복할 수 있다면

거칠게 날아오는 날카로운 화살촉을
가슴에

가차 없이 꽂으리

정상인

정상인이라고 말하는 사람들이 보기에는 저들은 하나가 없다
정상인들에게 하나가 없다고 칭함을 받는 사람들이 보기에는 정상인 저들은
자신들만이 가진 하나는 가졌지만 단지 그 하나만을 가졌다

만식이는 휠체어 타고 농구를 하고
복식이는 테니스라켓을 잡았고
춘자와 말자는 활시위를 당기고 총을 쏜다
춘봉이는 의수를 벗고 수영을 하고
막봉이는 의족을 달고 트랙을 달린다.

정상인이다 사지 멀쩡한 정상인이다
단지 흠이 있다면 백혈병으로 골수이식 하여 남들이 환자라고 부르지만
겉으로는 정상인이다
안구건조증이 심하여 매일매일 연실 눈물 약 쏟아 붓고
남들보다 조금 허약하다고 불리어도 외출이 전혀 불가

능한 것은 아니다
의사선생님도, 여행까지 된다고 하였다

갇혀있다
우려의 감옥에 불안의 감옥에 두려움의 감옥에
정상인과 다를 것이라는 지하의 깊고 깊은 튼튼한 편견의 감옥에 옹골지게
스스로 갇혀있다

질문

체내수정을 한 동물은 모성애가 강하고
체외수정을 한 동물은 부성애가 강하다 합니다

사랑도 고통을 연료로 삼으니

지금 주어지는 고통
누구를 사랑하기 위함인지요

길1

규칙 첫 번째

남의 밥그릇에 숟가락 넣지 않기

길2

끌고 가면
빠를 수 있으나 상처 많고
몰고 가면
늦을 수 있으나 상처는 없어

경주하는 것 아닌데
흐름 따라
그냥저냥
슬렁슬렁 갑시다

끌고 가는 이 누구인가

말에는 재갈 물리고
소에는 쇠 코뚜레 뚫고
개에는 개목걸이 걸고

닭은 닭장에
돼지는 돼지우리에
염소는 외양간에

목에는 개목걸이가
코에는 쇠 코뚜레가
입에는 재갈이 물려있다

짐승이나 사람이나,
가는 길은 하나인데
누구인가

가두었다 끌고 가는 이

4부

마음

하나님이,

모양도 크기도 맛도 색깔도 모두 똑같은 사과를
골고루 나누어 주셨는데

내 것 큰 것은 아픔이고
남의 것 큰 것은 기쁨이네

하나님 인도하는 길

내 가는 길

지금
비록
가시길이나

끝은

달콤하리라

처마 밑에 제비집

사람은 동물이다
요즘 우리 집 처마에 제비집이 없다
모내기철이다

하늘에 태양 있다
언제나 그곳에 있다
지구는 자전하며 일 년 간 태양을 돈다

하나님!

사람을 믿듯 하나님을 믿지 않게 하시고
하나님을 믿듯
사람을 믿게 하소서

무엇으로 빛을 보리까

눈에 보이는 것은 모두 가슴에 담는다

귀로 듣는 소리
코로 맡는 냄새
입으로 느낀 맛 피부의 감촉
이들은 눈만큼 절실하지 않다

세월 어둡다
마음 어둡다
몸도 어둡다
그나마 눈의 싱싱함 있어 세상 풍경 빛 보았는데
눈마저 차츰차츰 어둠으로 가두니

– 하나님!
남은 눈마저 어둠에 가두면 무엇으로 빛을 보리까?

– 눈마저 가두어야
마음 열리고 마음 열려야 모두 열린다

비우고, 기다려라
— 하나님 복

하루에 두 번
방사선을 쏘였다
두 손 두 발 꽁꽁 묶어 앉혀놓고
짙은 유행가 소리에 맞춰
오전 오후
사흘간 쏘였다.
내 안에 있는 내 것의 모두가 말렸다
조금이라도 남은 것 있다면
이틀에 걸쳐
산불에 잔불 정리하듯
항암 주사로 모조리 몰살하였다

내 몸에 내 골수는, 이제,
수치가 0제로이다
이틀 후 그곳에
새 생명
누님 골수 넣었다

하나님의 단어

저주, 분노,
미움, 질투,
눈물, 슬픔,
불만, 불평,
시기, 의심,
좌절, 포기,
폭력, 다툼,
부정否定, 소극消極,
단념斷念, 우울,
불안, 초조,
조급, 걱정,
근심, 아픔,
실망, 낙심,
상심, 성냄,
탐욕, 집착,
안타까움, 두려움……

이런 단어들은 하나님께 죄짓는 것

죄에서 용서받고 싶다면
이런 단어 앞에서 무조건 박장대소拍掌大笑하라

하늘 시계

나는 백혈병 골수이식자
건강한 친구들과는 백로와 까마귀
심지어
나보다 열 살이나 많은 사람도
나 보는 눈은 측은하다

내 나이 이제 오십 대 후반,
결승선 테이프는
내가 먼저라고
모두가 그렇게 단정하고 있지만
시계는

결정된 것 없다고

욥기 23장 10절

— 나의 가는 길을 오직 그가 아시나니 그가 나를 단련하신 후에는 내가 정금같이 나오리라

시원한 맥주와 부드러운 안주가 기다리고 있다
샤워를 하고,
바람 솔솔 오는 나무그늘 아래
평상에서
시원한 맥주 한 잔을 하자
팥빙수만큼
얼락 녹을락 한 차가운 맥주 한 잔
꿀꺽꿀꺽 마시자

저 앞에 보이는 저 언덕만, 넘고서

오늘의 기도

하나님!

뭔가를 알겠다 하지 않겠습니다
방법을 가르쳐달라는 것
방향을 설정해달라는 것
길을 안내해 달라고 하면 이것은 저의 교만입니다
어떻게 하면 하나님께 가까이 갈 수 있을까
지혜를 달라는 것도 저의 교만입니다
꿈을 꾸고
소망을 품고
내일을 예견하는 것도 교만

진리는,
오직 하나입니다
하나님께 모든 것 맡기고
기뻐하고 감사하며 흐름대로 사는 것입니다

이것을 깨닫게 하소서

도움닫기

백혈병 골수이식자입니다
28년 선생이었는데 질병 퇴임한 지 4년 지났습니다
결혼 적령기에 있는 두 아이의 아버집니다

높이뛰기 하고 싶은데, 멀리뛰기를 하라 합니다

있는데

3월,
여린 푸름에는
남쪽서 달려온 바람이 있다

4월,
목련의 하얀 꽃에는
도닥도닥
봄볕이 있다

아기가
아장아장 걷는다
뒤따라가는 엄마아빠가 있고,

백혈병을 앓고 있다
골수이식 하였다

명의이전

폐품처리 하여야 하나 명의이전 하여야 하나
쌩쌩하지는 않지만 아직은 움직임에 문제는 없다
단지, 고장이 잦고 비실비실하고
운영에 필요한 경비보다는 병원 다니는 치료비가 더 많이 든다
직업도 없고,
세워놓자니 근심이요 움직이자니 걱정이다
남들 비해 시간 짧고
부족한 남들보다는 움직임에 싱싱함 있으니
폐기처분을 하면, 영영 세상 존재가 사라지고
명의 이전하면 존재는 존재한다

주여!
주신 이도 주님이시며 거두신 이도 주님이시니

길3

신작로만 걷던 이는
신작로에서도 넘어진다

논두렁만 걷던 이는
논두렁에서도 넘어지지 않는다

백수白壽를 사셨던 울 할머니

평생,
논두렁 걸으셨다

그냥

나무면 좋겠다

운이 좋아
깊은 산 맑은 곳에 뿌리내린
나무면
더더욱 좋겠지만
모래땅에 힘겹게 서 있더라도
나는 좋겠고

그냥
세월에 맡겨
묵묵한 나무면, 좋겠다

하늘 아버지

뒤뚱뒤뚱
넘어질 듯 넘어질 듯
걸어가는 아이

그 뒤에서
졸졸졸 따라가는
아이 아버지

5부

해우소에 앉아

예전 그림이 궁금하거든

해우소에 앉아 물끄러미 세월을 보라
굵고 부드러우며 깊이깊이 가라앉았던가, 딱딱하고 동글동글하며 둥둥 떠 있던가,
황금도 있고
초록, 짜장, 울긋불긋 붉은 꽃도 있고

들어가고 나오는 것이 즐거우면 만사는 즐거운 법
조급하던가, 슬렁슬렁 느긋해 느긋하던가,
전쟁은 없었던가

내일 그림 궁금하거든 해우소에 앉아 가만가만 세월을 보라
장이, 웃고 있는가, 울고 있는가,

새장에 갇힌 새

귀와 입
혓바닥을
막고 자르면
누구와 이야기를 하나
멀리 보이는
가을과 맑은 하늘만 물끄러미 창밖으로 바라보며

거룩하게
밝은,
갓난아기 새순으로 세상에 인사하던 나뭇잎을
자족하는 늙은 단풍으로 바꾸어
떠날 준비로 바쁜 날

어둠도 오고 밝음도 오고 구름도 오고 빗임도 오고

그래도,
저들에게는,
찾아오는 바람이라도 있어…

독방

슬픔은

가진 것 없어서가 아니다
모두 잃어서도 아니다

아픔이 있어서도 아니고
상처가 많아서도 아니다

단지,
상대가 없어서다

지금 나의 상대는 오직
고요

허수아비

평생 눈치만 보고 살았는데 지금도 눈치만 보고 산다

나는 내가 아니다
몸뚱이는 내 것을 가졌으면서 한 번도 나인 적 없다

그럼, 나는?,
허수아비?
그렇다
나는 허수아비다

나무막대기에 겉옷만 걸쳐 입고
너른 들녘 온몸 지키며 찾아오는 어둠을 홀로 맞는

바람과 구름과 태양의 눈치만 보고 사는 움직임 없는 허수아비

난 움직임 없는 허수아비다
과거도, 현재도, 미래도,

걸레

걸레는,
걸레 되었지만,

걸레 되었다

걸레라는 낱말은 성스러워
부담스럽고 송구스럽고 죄스럽지만

걸레라는 낱말
간절하였다

독거노인

열차표 구매하고

플랫폼에서

홀로 먼 길 가는 열차 기다리는

황혼

내 것도 함께

노을이,
호수에 살포시 누웠다

간간이 바람에
흔들림을 보이지만
위로 나는 왜가리의 부드러움에 이내 잔잔해지고
강태공 낚싯줄에 걸려 나오는 물고기
몸짓처럼
서서히
용궁으로
흔적을 새까맣게 지운다

까만 밤, 까만 호수,
까맣게 채색된 캔버스

풍경風磬

노스님 심술부렸다

황구지천서, 자유로이 유영하는 물고기를 잡아다가
주발周鉢모자 씌우고 처마 끝에 매달았다

물고기

슬픈 듯 슬픈 듯
뎅그렁뎅그렁

바람만 불면
뎅그렁뎅그렁 뎅그렁뎅그렁

세월

질긴 뿌리를 먹고
단단한 줄기를 먹고
쓰디쓴 이파리를 먹고
토실토실한 열매를 먹고
딱딱한 씨앗을 먹고
검붉은 피 상처 난 살점을 먹고
시간을 달음질하고
초연하게,
슬렁슬렁 넘어가는
세월

시詩1

하나님은 계속해서 질문을 하십니다
어떤 때는 부드럽고 상냥하게
어떤 때는 조용조용 고요하게

어떤 때는 강하고 엄하며
어떤 때는 잔혹할 정도로 살벌하게
질문을 하십니다

평생을 그렇게 질문하십니다
스무고개 넘듯,
삶에,

시詩2

삭막한 사막
긴 시간 다녀봐야 물의 글을 쓰고

높은 산 올라
죽음 앞에 서 있어봐야
평지에 대해 그림 그린다

평안에는, 평안만 있다

그러하던지

끈은
점점

먹성 좋은 세월이 옹골지게 갉아먹고 있는데
난, 그 세월과,
한가롭게 노닥거리고 있다

부처라도 되든지

함박눈 내리는 4월

벚꽃은

영원함을 소망하나

때 되면 어느 곳이든 가야 하는 절대적 슬픔

4월

함박눈 내린다

바람(望)

바람 불어도
두둥실 둥실 홀씨였으면

마냥
마냥
두둥둥 둥둥 떠다니다가

바람
내려주는 곳
앉혀주는 곳에
살짝 앉아

그곳
공기와
볕과
흙

한 가족 삼고 싶다

나무는 하늘을 본다

몸을 보자
머리는 외출하고
이는 가출하고
피부는 가뭄에 부석부석 먼지 날린다
살올실은 또 어디로 갔는가,
욕심에 노예 된 가슴
연일 슬픈 눈물로
세월에다 밧줄 단단히 엮어
세우려 만 한다

하늘을 보자
구름이 몰려왔나 싶더니 다시 파란 하늘 오고
해는 동東에서 서西로
가는 발걸음이 싱싱하고 꿋꿋하다
잡으려 하는
세우려 하는
묶으려 하는
채우려 하는 것 없이
흐름이 당당하고 부드러우며 가볍다

나는, 몸만 보고
나무는, 하늘만 본다

* 살올실: 근섬유

편지

— 아들에게

아버지의 길

그의 외로움은 외로움이 아니었다.
그의 고독은 고독이 아니었다.

언덕에 홀로 서서

너른 황야 바라보는 그의 고독은

든든한 울타리요 탄탄한 성벽이요
생명이고 번성이었다.

수사자의
길과, 다를까

— 당당하게 우뚝 서라 아버지가

— 딸에게

딸, 딸, 예쁜 우리 딸

좋은 부모 만났으면 오월처럼 밝고 맑게 아름답게 컸을 우리 딸
어려서부터 마음으로 이기기에 벅찬 상처 가슴에 담고
복에도 없는 증조할머니 6개월 대소변 받아내고
할아버지 3개월 대소변 받아내고
아버지는 만성골수성백혈병에 골수이식,
병간호로 한창 아름답게 세상 보고 열심히 달음박질하여야 할 발목이
기약도 없이 붙잡혀 꽁꽁 매였구나
팔자라 하면 너무나 기구하고
무슨 복이 그렇게 없는가 따져보면 너무나 복 없는 우리 딸
증조할머니, 할아버지, 하늘 가시면서 너에 대한 고마움 많이 갖고 가셨는데
그곳서는 감사함을 표현할 수가 없는지 계속 힘든 일만 생기니
밝게 웃는 모습 보면 오월 볕에 맑게 핀 하얀 이팝나무 꽃보다 예쁘고
시원스레 일하는 모습 보면 오월 볕에 힘차게 달음질

하는 싱싱한 초록보다도 힘차고

넓게 쓰는 마음 보면 단풍 곱게 물든 가을날

풍성하게 돌려주는 자연의 풍요로움보다도 더 넓은 우리 딸인데,

아빠는 우리 딸이 아빠 딸 되어준 것에 대해 감사하고 고맙고 행복하단다

너에 대해 항상 미안하고 죄스러움은

가정을 제대로 지키지 못한 아빠 무능함 때문에 우리 딸 고생한다 생각하니

오월 별이 맑지만, 아빠 마음은 어둡고 오월 바람이 따뜻하지만

아빠 마음은 한겨울 거친 날만큼 춥고 차갑다

딸아 우리 딸아

언제 회복될지 모르는 중병에 하루하루가 힘듦의 연속에서

너의 병간호로 버티어가는 지금 네게 해줄 수 있는 것이 없어 많이 미안하구나

단지 그나마 마음으로나마 줄 수 있는 것은 단순하고 뻔-한 말뿐

용기 잃지 말고 참고 살면 좋은 날 있으려니
주어진 현실이 고통이 아니라 미래를 위한 투자라 생각하고 견디다 보면
언젠가는 기쁜 날 오리니 그 때 웃음의 크기를 크게 갖자 이런 말 뿐이구나
딸아
항상 밝게 웃고 항상 바른 성심으로 열심히 살아라
하나님만을 믿고 낮은 자세에서 감사하며 겸손하게 살면 그분은 우리 딸을
반드시 도와주실 것이다
다시 한 번 말한다 하나님을 꼭 믿어라
고맙다 사랑한다

– 우리 딸, 사랑하는 아빠가